LA RÉSURRECTION

DU

SAINT-EMPIRE

ROMAIN

OU

LE 18 DÉCEMBRE 1870 A VERSAILLES

PAR

CLUVIENUS

. . . . . Facit indignatio versum
Qualemcunque potest, quales ego vel.....

PARIS
E. DENTU, Libraire
Palais-Royal

VERSAILLES
ETIENNE, Libraire
Rue de la Paroisse, 46

1871

Vendu 50 cent. au profit des Blessés de l'Armée.

LA RÉSURRECTION

DU

SAINT-EMPIRE

ROMAIN

VERSAILLES. — IMPRIMERIE DE E. AUBERT

6, avenue de Sceaux, 6

LA RÉSURRECTION

DU

SAINT-EMPIRE

ROMAIN

OU

LE 18 DÉCEMBRE 1870 A VERSAILLES

PAR

GLUVIENUS

..... Facit indignatio versum
Qualemcunque potest, quales ego vel.....

———— o.⦵o.o ————

PARIS	VERSAILLES
E. DENTU, Libraire	ETIENNE, Libraire
Palais-Royal	Rue de la Paroisse, 46

1871

LA RÉSURRECTION

DU

SAINT-EMPIRE

Avant d'inaugurer la lugubre campagne
Qui devait mettre au front d'un tudesque soudard
    La couronne d'un Charlemagne ;
A l'heure où chaque soir, bien repus, l'œil hagard,
Le prince et ses féaux s'abreuvaient de champagne (a),
Les vieux routiers hurlaient dans la vieille Allemagne :
    « Gloire à Guillaume le housard ! »

Dans un grand hanap d'or, aux grands jours des ripailles,
Il buvait ; mais depuis que Paris aux Germains
    Ferme obstinément ses murailles,
Le hanap a fait place à des crânes humains
Que, sans noyer le feu qui brûle ses entrailles,
Nuit et jour il emplit dans son morne Versailles
    Du sang répandu par ses mains.

Sang vermeil, dont Néron connut la chaude ivresse,
Guillaume se confie à tes philtres puissants
  Pour tromper l'ennui qui l'oppresse.
O breuvage divin qui rajeunis les sens !
O nectar parfumé, liqueur enchanteresse,
Inonde ce saint roi d'une sainte allégresse,
  Et ragaillardis ses vieux ans.

Les temps sont accomplis, la meute attend, Guillaume ;
Experts à détrousser, ramasse autour de toi
  Tous les Mandrins de ton royaume ;
Et vous bardes, ravis d'un belliqueux émoi,
Aux accents gutturaux d'un sauvage idiome
Mariez l'aigre fifre et détonnez un psaume
  Qui charme l'oreille du roi :

« Las de se consumer en de stériles peines
« Et d'épuiser, au gré de conducteurs ingrats,
  « Un sang appauvri dans leurs veines,
« Les peuples vont s'unir et se tendre les bras :
« Garde qu'entre eux, afin de mieux river leurs chaînes,
« Ta froide politique, enracinant les haines,
  « Sème vingt siècles de combats.

« D'impertinents grimauds, des pédants malhonnêtes,

« Du sot bétail humain revendiquant les droits,

     « Bornent l'essor de tes conquêtes !

« Esclaves que Dieu fit pour ramper sous leurs lois,

« Dont le maître au marché vend et revend les têtes,

« Sur l'échiquier sanglant, déployé pour leurs fêtes,

     « Les peuples sont l'enjeu des rois (b).

« Hourra ! ducs et barons, landgraves et margraves,

« De ces Francs infectés d'un esprit libertin

     « Videz les coffres et les caves ;

« Rapaces pourvoyeurs, ordonnez le festin ;

« Langobards et Semnons, Vandales et Chamaves,

« Dépecez le navire, emportez les épaves :

     « L'honneur se mesure au butin (c).

« Egorgez qui résiste à vos bandes hurlantes ;

« Formez vos chœurs, dansez à l'entour du brasier

     « Où sombrent les maisons croulantes ;

« Eventrez qui défend l'honneur de son foyer ;

« Accrochez aux gibets vos victimes râlantes ;

« Jonchez les noirs sillons de leurs chairs pantelantes :

     « Ainsi le veut le Justicier (d). — »

— «Justicier! je veux l'être et sans molle indulgence (*e*),

« Dit Guillaume; leur luxe et leur impiété

 « Scandalisent notre indigence.

« Ils ont lassé des miens la longanimité;

« Le Ciel m'a départi le soin de sa vengeance :

« Meure à jamais des Francs l'abominable engeance!

 « Meure avec eux la liberté!

« Oui, je veux abolir cette France païenne,

« Etouffer ce volcan dont les éruptions

 « Atteindraient ma Prusse chrétienne;

« Qu'au spectacle hideux de ses convulsions

« De son prestige antique aucun ne se souvienne,

« Qu'elle-même s'abhorre et que son nom devienne

 « L'épouvantail des nations.

« Ligures, Calabrais, Polaques, Moscovites,

« Ministres de ma haine au bagne recrutés,

 « A moi, bandits cosmopolites!

« Souillez, prostituez la reine des cités,

« De Babeuf et d'Omar immondes prosélytes,

« Et dans les flancs impurs de ces Amalécites

 « Plongez vos bras ensanglantés.

« Sur ce Louvre insolent que ma torche réclame,

« Veuillots (*f*) en carmagnole, en bonnet phrygien,

    « De Marat hissez l'oriflamme ;

« Et toi, Dieu de David, mon Seigneur, mon soutien,

« Permets que tout succède au zèle qui m'enflamme,

« Que mon cœur se dilate, et que ma voix proclame

    « Qu'aucun Dieu n'est semblable au mien (*g*) ! »

D'hypocrites suppôts, instruments de tes crimes,

Feignent que tu gémis sur les maux que tu fais,

    Quand ton œil sonde les abîmes

Que creusent sous nos pas la guerre et ses forfaits (*h*).

Ta pitié dérisoire outrage tes victimes,

Et l'arrêt souverain des peuples unanimes

    Flétrit qui refusa la paix.

La paix, dis-tu ! C'est nous qui l'avons repoussée,

Alors que ta clémence, étonnant l'univers,

    L'offrait à la France abaissée. —

La France peut tomber, mais non baiser ses fers ;

Elle est reine, et si bas qu'elle soit terrassée,

Garde comme un reflet de sa gloire éclipsée

    La dignité dans les revers.

                     *

Quoi ! rompus en un jour, sous ton obéissance

Courber sans plus d'effort Domrémy, Vaucouleurs

Qui de Jeanne ont vu la naissance,

Toul dont le dévoûment croît avec nos malheurs,

Metz qui d'un Charles-Quint défia la puissance,

Strasbourg qu'hier encor notre reconnaissance

Chargeait de couronnes de fleurs (i)!

Après Wœrth, — de quels deuils lamentable préface ! —

Quand Sedan trop prévu de l'Empire expirant

Eut précipité la disgrâce,

Moins cupide, peut-être aurais-tu semblé grand :

Tu ne l'as point compris ; ne démens point ta race,

Et si rien n'assouvit ton appétit vorace,

Reste un vorace conquérant.

Donc pour toi la conquête est le droit séculaire !

Par tes Mathans béni, par tes Cotins chanté,

Des forts c'est le juste salaire !...

O fanatique impie ! ô sectaire effronté !

Autour de toi pendus au croc patibulaire,

Quand seront tes pareils par la voix populaire

Mis au ban de l'humanité (j) !

Tartufe, oh ! ne viens plus, pour disculper ta rage,
Alléguer que par nous tu fus bravé vingt fois
        Et que la guerre est notre ouvrage !
Gazette de Berlin, Gazette de la Croix,
Tous ont jeté le masque, et leur fougueux langage,
Leur soif d'égorgement, de sac et de pillage
        Absout Bonaparte et Louvois.

Comme ils exploitaient bien nos mœurs hospitalières,
Ces Teutons mendiants qu'un pays généreux
        Laissait infester ses frontières !
Comme ils t'ont bien servi ces intrus doucereux
Qui chez nous à nos fils obstruaient les carrières,
Et dont les airs bénins, les candides manières
        Voilaient les complots ténébreux (*k*) !

La fourbe a triomphé, la fourbe nous accuse (*l*) !
Mais trente ans de défis, d'intrigues, d'armements (*m*),
        Parlent bien haut pour notre excuse :
L'Europe sait le prix que valent tes serments ;
Sur ton ambition nul peuple ne s'abuse ;
Ton royaume est d'hier (*n*), et la force et la ruse
        En ont posé les fondements.

L'Autriche agonisante aux monts de la Bohême,
Nassau, Francfort, Hanovre envahis sans pudeur
T'élevaient au faîte suprême ;
Mais un titre vulgaire offusquait ta splendeur :
Tu voulais ceindre en hâte un plus beau diadème,
Et que d'un vieux blason l'impérial emblème
Vieillît ta moderne grandeur.

L'ineptie à ta marche aplanissait la voie :
Armés jusques aux dents, prêts à nous inonder,
Tes burgraves guettaient leur proie ;
A nos rares soldats qu'il osait hasarder
Mal gardés, mal pourvus du bronze qui foudroie,
Escorté d'aigrefins et de filles de joie,
Mascarille (o) allait commander.

Ah ! la France a failli, qui durant vingt années
Aux caprices sans frein d'un fol aventurier
Abandonna ses destinées,
Et crut que, reniant son démon familier,
Commensal imprévu des têtes couronnées (d),
Le conspirateur, las d'anarchiques menées,
Répudîrait son vieux métier.

« L'Empire, c'est la paix, le terme des orages,
« C'est le port assuré, l'asile où les vaisseaux
    « N'ont plus à craindre les naufrages ;
« L'Empire, c'est la paix ! » C'est ainsi qu'à Bordeaux
De la foule oublieuse il captait les suffrages,
Quand d'un sombre passé les funèbres images
    Disaient : C'est la paix des tombeaux !

Cette guerre par toi savamment préparée,
C'est toi qui l'as voulue, et comblant tes désirs
    C'est lui qui te l'a déclarée !
Ah ! n'en sois point ingrat : divertis ses loisirs,
Que son aigle vivant partage sa curée,
Et qu'un sale Bonneau, paré de ta livrée,
    Préside à ses sales plaisirs.

O forbans assortis et dignes l'un de l'autre !
Strasbourg, avant Boulogne, avant Paris, marquait
    La première étape du nôtre ;
Au Danois innocent le Germain s'attaquait
Sous les noms mensongers de vengeur et d'apôtre ;
Puis contre nous, au ciel poussant sa patenôtre,
    En frappant Vienne, il s'embusquait.

Les charniers purulents, les abattoirs fétides,
Voilà quel Louvre est bon pour héberger ta cour
    Et tes vassaux de sang avides.
Des rives de la Meuse aux rives de l'Adour,
Nouveau Vitellius (q), va dans nos champs putrides
Des cadavres gisants flairer les chairs livides :
    Ton aigle est frère du vautour.

D'Attila ton ancêtre évoquant la mémoire,
D'aucun pleur, d'aucun cri ne te laisse toucher :
    Tout sied, qui hâte la victoire.
Si le glaive s'émousse, érige le bûcher ;
Jamais dévastateur n'approcha de ta gloire ;
Et ton nom, buriné par l'implacable histoire,
    Sera : Guillaume le Boucher.

Hâves et décharnés, à l'horrible famine
Condamne enfant, vieillard, veuve, infirme, orphelin :
    Qu'importe comme on extermine ?
Fier dompteur du Danois, plat valet du Kremlin,
Anéantis palais, temple, château, chaumine ;
Livre Paris en cendre à ta sale vermine (r) :
    Alaric était de Berlin.

« Débiles avortons de races décrépites,

« Les Français vont crier merci sans coup férir. »

    Ainsi disaient tes parasites.

Le luxe nous gâta, l'honneur nous peut guérir ;

Ce peuple d'énervés, de dandys sybarites,

De nains, toisés de haut par tes grands satellites (s),

    Peut vivre encore : il sait mourir.

Oui, digne de lui-même et digne de la France (t),

Paris, narguant ta foudre, attendra sans faiblir

    La ruine ou la délivrance ;

Et par un beau trépas s'il lui faut s'ennoblir,

Emule de Sagonte, émule de Numance,

Sous le linceul fumant de son débris immense

    Il est prêt à s'ensevelir.

Sur nos toits effondrés verse à flots ton pétrole ;

Du Panthéon béant fais voler en éclats

    La majestueuse coupole :

Nul attentat ne coûte à tes pieux soldats.

Somme-les de broyer, pour plaire à leur idole,

Le pontife à l'autel ou l'enfant dans l'école ;

    Leurs cœurs ne s'indigneront pas.

Sous la verge assoupli par ta haute prudence,
Ton peuple, en s'inclinant devant Ta Majesté,
    Croit adorer la Providence.
L'ordre ici trop souvent manque à la liberté,
Tout fronder s'y confond avec l'indépendance ;
Mais nos saluts, rhythmés avec moins de cadence,
    N'ont que plus de sincérité.

Nous sommes vains, bruyants, loquaces, chimériques,
Imbéciles jouets d'ampoulés harangueurs
    Et de Cléons épileptiques,
Au rebours du bon sens sérieux ou moqueurs,
Tristes ou radieux, crédules ou sceptiques ;
Mais au faible, accablé par des vainqueurs iniques,
    Nous ouvrons nos toits et nos cœurs (u).

Babel où chacun parle, où nul ne veut entendre,
Prompts à nous engouer de fétiches nouveaux,
    Non moins prompts à nous en déprendre,
Nous changeons tous les jours d'écharpes, de drapeaux,
Réprouvant sans connaître, exaltant sans comprendre,
Mais sincères et droits, et le monde, à tout prendre,
    Aime en nous jusqu'à nos défauts.

Qui donc n'eût des Rufins flagellé l'imposture?

Qui n'eût vilipendé ces histrions sans foi

      Pétris d'astuce et de luxure,

Ces sicaires gagés sur le meurtre et l'effroi

D'un nocturne larron fondant la dictature,

Ces prévaricateurs aux genoux d'un parjure

      Brisant le glaive de la loi?

Qui n'eût honni ces camps où la jeune milice

Sous des chefs désœuvrés n'apprenait à grands frais

      Que l'indiscipline et le vice ;

Et les nuits de Compiègne, et les boudoirs secrets

Où, de nos dieux blasés nauséabond caprice,

La Thérésa mimait, populacière actrice,

      Ses refrains chers aux cabarets ;

Ces Robins chamarrés, proxénètes infâmes,

A l'envi l'un de l'autre au sérail du sultan

      Menant leurs filles ou leurs femmes (v),

Nos Laïs épiant la clef du chambellan,

Nos escrocs blasonnés escomptant leurs réclames,

Nos élus, en dépit de fastueux programmes,

      Vendant leurs votes à l'encan?

La Prusse est façonnée aux humbles déférences,
Aux génuflexions, aux mystiques maintiens,
    Aux mécaniques révérences ;
Mais ce viril respect qui fait les citoyens,
Et qui, sans rien donner aux vaines apparences,
Règle sur la vertu ses libres préférences,
    N'est connu de toi ni des tiens.

Timour eût respecté ces bourgeois héroïques,
Ces obscurs champions sans vergogne insultés
    Par tes pamphlétaires bibliques,
Et ces filles des champs, ces filles des cités
Qui, sans faste et sans bruit, dignes des temps antiques,
Armant frères, époux, fiancés, fils uniques,
    Bravent la mort à leurs côtés.

Ce serf émancipé qui, l'égal de ses maîtres,
Marche fier et relève un drapeau glorieux
    Foulé sous les pieds de tes reîtres,
Ce noble qui du nom garde un culte pieux,
Ce chrétien qui, conduit et béni par ses prêtres,
Défend le sol auguste où dorment ses ancêtres,
    N'est qu'un sacrilége à tes yeux !

Qu'importe ? Pour panser la mortelle blessure
Qu'inflige leur constance à ton orgueil surpris,
    En vain tu vomiras l'injure :
Guerriers improvisés, nos imberbes conscrits
De notre défaillance ont lavé la souillure,
Et de leur sang versé chez la race future
    La gloire acquittera le prix.

Dans nos villes pourtant la Discorde fatale,
O honte! sous les yeux des Teutons triomphants,
    Secouait sa torche infernale;
Du lointain Canada tandis que les enfants,
Des Cartier, des Champlain postérité loyale,
Comme un essaim fidèle à la ruche natale,
    Revenaient mourir dans nos rangs,

De nos envahisseurs ignoble auxiliaire,
Le Jacobin maudit sur nous s'est abattu,
    Traînant sa horde incendiaire ;
Dénigrant, proscrivant honneur, talent, vertu,
A l'appel d'un Blanqui, d'un Pyat, d'un Millière,
Stipendiés par toi, rangés sous ta bannière,
    Pour toi nos clubs ont combattu (x).

Ah! tu prétends que Dieu des bourreaux est complice,
Que des bûchers lui-même il allume les feux
        Et qu'il bénit le sacrifice !
Féroce illuminé, sois César si tu veux;
Mais sache que le Ciel apprête ton supplice,
Et que, pour te détruire, à sa lente justice
        Il suffit d'exaucer tes vœux (y).

Marchepieds de ce trône où ta superbe aspire,
Quand, pour t'y mieux guinder, les rois courbent le dos,
        Le sage au désert se retire,
Et prenant en pitié ces hochets féodaux
Que la morgue inventa, que la bassesse admire,
Se rit de l'insensé qui croit du Saint-Empire
        Rajeunir les vieux oripeaux.

Il croulera dans peu ce tréteau qu'on redore ;
De la France meurtrie il se peut qu'un lambeau
        Reste au tigre qui la dévore ;
Mais son génie est sauf et survit au tombeau :
Aux rameaux du vieux tronc la séve bout encore,
Et peut-être demain d'une plus belle aurore
        Verrons-nous luire le flambeau.

NOTES

Commencées le 18 décembre 1870, à l'heure où, dans le palais de Louis XIV, les princes et les villes *libres* d'Allemagne offraient la couronne impériale au descendant de Frédéric II; terminées le 31 décembre, alors que commençait l'odieux et stupide bombardement de Paris, ces stances, *solatia luctus exigua ingentis*, ont été lues dès le lendemain à plusieurs amis de l'auteur, et des copies plus ou moins exactes en ont circulé. Lues de nouveau devant un auditoire plus nombreux le 12 mai suivant, mais non destinées d'abord à l'impression, l'auteur, en les publiant aujourd'hui, a cédé, non sans scrupule, à de pressantes sollicitations. Lui aussi a voulu dire à sa façon :

Exoriare aliquis nostris ex ossibus ultor!

(*a*) Tacite, qui semble n'avoir écrit sa *Germanie* que pour faire la satire des Romains de l'Empire, et qui a décerné aux Germains des éloges parfois mérités, n'a pas laissé d'écrire cette phrase : *Diem noctemque continuare potando nihil probrum* (Germ., 22). Les princes allemands n'ont point dérogé.

(*b*)
Des potentats, dans vos cités en flammes,
Osent, du bout de leur sceptre insolent,
Marquer, compter et recompter les âmes
Que leur adjuge un triomphe sanglant.
(Béranger, *la Sainte-Alliance des peuples*, 1818.)

Whose game was empires and whose stakes were thrones,
Whose table earth, whose dice were human bones.
(Byron, *Age de bronze*, 1823.)

(*c*) Le terme ignoble et barbare de *butin* figure dans toutes les dépêches royales et dans toutes les pièces officielles émanées des autorités prussiennes et insérées au *Moniteur* de Versailles. Du reste, avant que Tacite eût buriné ses jugements : *Germani, genus militum apud hostes atrocissimum* (Il., II, 32) ; *Lœta bello gens* (H., IV, 16); *super sanguinem et spolia revelant frontem* (G., 22); *materia munificentiæ per bella et raptus* (G., 14); César avait écrit : *Latrocinia nullam habent infamiam, quæ extra fines cujusqae civitatis fiunt* (B. G., VI, 22).

(*d*) Scènes de Bazeilles, Etrépagny, Chateaudun, Ablis, Mézières (Seine-et-Oise), Poigny, Limeil-Brevannes, Valenton, St-Léger-en-Yveline, Garches, Parmain, St-Cloud, etc., etc. Nous ne parlons pas des forteresses.

(*e*) En se qualifiant de *Justicier*, et en s'attribuant dans ses actes le rôle d'exécuteur des hautes œuvres de la Providence, le roi piétiste s'est assimilé lui-même au roi des Huns, qui s'appelait fièrement « le Fléau de Dieu. »

(*f*) Voir dans les *Odeurs de Paris* et *passim* les vœux impies du célèbre pamphlétaire utramontain, vœux que la Prusse a recueillis, que la Commune a exaucés.

(*g*) La formule : *Magnus Deus noster, præ omnibus Diis*, est répétée partout dans la Bible et surtout dans les Psaumes.

(*h*) Ceux qui ont vu l'Empereur allemand parcourant les ruines de Saint-Cloud incendié, après la conclusion de l'armistice, par le pétrole prussien, afin d'effacer les traces du pillage, comme l'avait été le palais même trois mois auparavant, savent ce qu'ils doivent penser de ces larmes, qu'au dire de ses familiers, le roi versait tous les soirs sur les maux que notre résistance « criminelle et sacrilége » l'obligeait à infliger à la France « dont il n'était pas l'ennemi. »

(*i*) Certaines gens feignent d'oublier qu'après la catastrophe de Sedan, l'Allemagne revendiquait non-seulement l'Alsace et la Lorraine entière, mais encore certaines portions de l'Ile-de-France et de la Champagne. C'est pour n'avoir point souscrit à ces conditions que la France a été traitée par Guillaume « d'impie et de sacrilége. » L'histoire et la conscience publique prononceront.

(*j*) Fénelon a dit des conquérants : « Peut-on trop abhorrer les hommes qui ont tellement oublié l'humanité? Non, non; au lieu d'être des demi-dieux, ce ne sont pas même des hommes; ils doivent être en exécration à tous les siècles dont ils ont cru être admirés. » Massillon, La Bruyère et tous les moralistes n'ont pas été moins sévères ni moins vigoureux dans leurs anathèmes.

(k) Nous avons entendu souvent des Allemands se plaindre d'être confondus par nous dans la même réprobation que les Prussiens; à quoi nous répondions que, si la cigogne veut être ménagée par le laboureur, il ne faut pas qu'il la trouve mêlée aux grues qui dévastent son champ.

(l) Ye, race of Frederic, — Frederics but in name
And falsehood, — heirs to all, except his fame.

(Byron, *Age de bronze*, 1823.)

(m) Nous ne faisons remonter les projets de la Prusse qu'au mois de juillet 1840; mais il serait aisé d'établir qu'ils existaient dès les premières années de la Restauration, et c'est un des plus beaux titres de Louis-Philippe que de les avoir entravés.

(n) C'est en 1700 que le duc de Prusse, Frédéric III, s'arrogea le titre de roi et s'appela Frédéric Ier.

(o) *Vivat Mascarillus fourbum imperator.*

(L'Étourdi, II, 8.)

(p) *Spe, fama, veneratione potius omnes destinabantur imperio, quam quem futurum principem fortuna in occulto tenebat.*

(Tac., *Ann.*, III, 18.)

(q) *Campos in quibus pugnatum erat visens Vitellius, abhorrentes quosdam cadaverum tabem detestabili voce confirmare ausus est : Optime olere occisum hostem, et melius civem.*

(Suet., *Vit.*, 10.)

(r) L'expression est violente, mais strictement vraie; Tacite disait du reste il y a dix-huit siècles : *In omni domo sordidi* (G., 20), et plus loin : *Omnium sordes* (G., 46). Ne nous plaignons pas trop cependant : c'est peut-être à la malpropreté native du Prussien que nous devons d'avoir gardé nos mouchoirs de poche.

(s) La petite taille de la plupart de nos fantassins était pour les héritiers des géants de Frédéric le texte incessant de plaisanteries « germaniques. »

(*t*) Ni les fautes et les défaillances de la lutte, ni les crimes et les hontes de la Commune ne nous feront regretter cette strophe. Si la résistance de Paris n'a été qu'une « folie héroïque » (V. le discours du général Trochu), cet héroïsme a été d'autant plus beau, que dès le début les saturnales de la démagogie le vouaient fatalement à l'impuissance.

(*u*) Nous avons des défauts et de très grands; néanmoins le monde a dû être surpris d'entendre le Chancelier de l'Empire allemand nous traiter de « race éminemment cruelle et violente. » « On ne s'amuse pas, dit Pascal, à prouver qu'on n'est pas une porte d'enfer. » Nous pourrions citer le mot connu de Gœthe sur le Prussien; qu'il nous suffise de reproduire l'insulte pour la honte de l'insulteur. Elle n'étonne point du reste dans la bouche de celui qui, par reconnaissance sans doute, a loué la Commune et déclaré « qu'elle n'était point dépourvue de sens. » Mais il faut bien que le hobereau gagne sa dotation princière en nous volant et en nous injuriant. *Vœ victis!* disaient les Gaulois aux Romains; d'autres nous disent aujourd'hui : « La force prime le droit. »

(*v*)   Robin vend sa nièce et sa tante,
          Il vendrait sa mère et sa sœur.
                              (Béranger, *l'Ami Robin.*)

(*x*) Dès les premiers jours du siége, les hôtes qui daignaient nous héberger (car nous étions *chez eux*, selon leur expression favorite) nous répétaient à l'envi que l'émeute leur livrerait Paris; le matin même de la bataille de Villiers-sur-Marne, après l'effroyable canonnade de la nuit, ils nous disaient : « *C'est la Commune qui s'amuse;* » et ils nous assuraient, en quittant nos murs, que « nous les regretterions et nous les rappellerions. »

(*y*) *Evertere domos totas, optantibus ipsis,*
       Di faciles.....
       Magnaque numinibus vota exaudita malignis. (Juv., X)